Praise for Storyshares

"One of the brightest innovators and game-changers in the education industry."
— Forbes

"Your success in applying research-validated practices to promote literacy serves as a valuable model for other organizations seeking to create evidence-based literacy programs."
— Library of Congress

"We need powerful social and educational innovation, and Storyshares is breaking new ground. The organization addresses critical problems facing our students and teachers. I am excited about the strategies it brings to the collective work of making sure every student has an equal chance in life."
— Teach For America

"It's the perfect idea. There's really nothing like this. I mean, wow, this will be a wonderful experience for young people."
— Andrea Davis Pinkney, Executive Director, Scholastic

"Reading for meaning opens opportunities for a lifetime of learning. Providing emerging readers with engaging texts that are designed to offer both challenges and support for each individual will improve their lives for years to come. Storyshares is a wonderful start."
— David Rose, Co-founder of CAST & UDL

Storyshares presents

Published by Storyshares, LLC
Inspiring reading with a new kind of book.

Storyshares
Storyshares, LLC
24 N. Bryn Mawr Avenue #340
Bryn Mawr, Pennsylvania 19010-3304
www.storyshares.org

Interest Level: High School
Grade Level Equivalent: 7.3

ISBN 9798885976459
Book design by Saskia Globig

La Caminata

Jennie Ford

Storyshares

Tabla de contenido

Uno
La caída

—Está roto, hombre.

—No, no lo está.

—Se ve mal, amigo.

—Es sólo un esguince.

—¿Cómo lo sabes? ¡¿Eres un maldito doc-
tor?! —gritó Eric.

—No está hinchado y negro, y esas cosas —
dijo Tom.

—Está hinchado. ¡Puedo verlo! —gritó Eric de nuevo.

—No como si estuviera roto. Mi hermano se rompió el tobillo jugando fútbol. Se hinchó como un globo. Era negro, azul, morado y desagradable.

—Está bien, chicos, por favor cállense —les dije. Tom y Eric me miraron—. Discutir no va a ayudar. No sé si está roto o torcido, pero vaya... sí que duele.

—Los esguinces son peores que las fracturas —dijo Tom.

—¿Cómo lo sabes, estúpido? —preguntó Eric.

—¡Eso es lo que he escuchado, simplemente, estúpido! —Tom respondió.

—¡Chicos, por favor! No están ayudando. Tenemos que resolver esto. Es un largo camino de regreso —agregué.

Tom y Eric lo pensaron un momento.

—Alrededor de tres millas —dijo Tom.

—¿Me estás tomando el pelo? —preguntó Eric—. Estás bromeando, ¿verdad? Más bien, cuatro o cinco millas, por lo menos. Hemos estado caminando durante cinco horas.

—No realmente —dijo Tom—. Después de cargar todo y alistarnos, diría que hemos caminado durante unas tres horas.

Eric le dio a Tom una mirada matadora. Parecía que estaba a punto de explotar.

—Tú lo sabes todo, ¿no? —preguntó finalmente.

Tom se limitó a encogerse de hombros.

—Necesito que ustedes dos me ayuden a llegar al arroyo —intervine.

El agua en el arroyo de la montaña se mantenía helada, incluso en pleno verano. Tom y Eric me agarraron por debajo de las axilas y me ayudaron a caminar, cojeando, hasta el arroyo. Me bajaron a una roca para sentarme. Me quité la bota y el calcetín, lentamente. Estiré la pierna y coloqué mi pobre tobillo en el agua fría. Después de unos minutos, mi pie se adormeció y el dolor disminuyó.

—Con su ayuda, creo que puedo regresar al campamento —les dije.

—¿Crees que deberíamos tratar de entablillar-lo? —preguntó Tom.

—¿Con qué? ¡¿Moriste y volviste a nacer como Bear Grylls?! —Eric gritó.

Miré mi reloj. Eran las 4:15 p.m. Oscurecería en unas cuatro horas... aun más rápido en lo profundo del bosque. Teníamos que irnos.

—Hagámoslo —exclamé.

Dos
El mapa

—Nos turnaremos para llevar tu mochila —ofreció Eric—. Túprimero —dijo, entregándosela a Tom.

—Supongo —murmuró Tom.

Encontré una rama pequeña y resistente y traté de usarla como un bastón. Cojeé lentamente por el sendero. Mi tobillo estaba palpitando y se sentía caliente. Fui tan estúpido por permitir que esto me pasara. Sabía que la regla del senderismo era nunca pisar una roca, o un tronco, a menos que primero lo probaras para asegurarte de que era resistente y seguro. Había estado demasiado emocionado por llegar al final del camino. Allí nos encontraríamos con las grandes cataratas Velo de Novia. Solo había visto fotos de ellas y se veían increíbles. En mi prisa, pisé una gran roca. Estaba suelta y rodó. Mi pie quedó atrapado entre ella y otra roca grande. Caí duramente. Eric y Tom pudieron mover la roca lo suficiente para que yo pudiera zafar el pie atrapado. Fue entonces cuando el dolor empezó.

Eric y Tom me miraron con expresión preocupada y confundida. Debían haberse estado preguntando cómo podía cometer un error de principiante.

Yo también me lo preguntaba.

Esta vez fue enteramente mi culpa.

Luego caminamos, o ellos caminaron, al menos, mientras yo renqueaba y cojeaba por lo que parecieron horas. En realidad, fueron solo treinta minutos. Para entonces el dolor en mi tobillo se volvió demasiado intenso y les dije que tenía que sentarme. Eran las 4:45 p.m. Sabía que teníamos que seguir adelante. No podíamos quedar atrapados aquí afuera, en la oscuridad.

—Uno de ustedes va a tener que seguir adelante y conseguir ayuda —dije—. Nos estoy retrasando. No quiero que todos quedemos atrapados aquí por la noche. No podemos recorrer este camino en la oscuridad. Es demasiado arriesgado.

—Yo iré —dijo Eric—. Tú y Tom sigan avanzando tanto como puedan. Traeré ayuda.

Por una vez, Tom no discutió con él.

—Está bien, Eric, ten cuidado —dije—. Lamento todo esto.

—No te preocupes —dijo Eric.

—Nos vemos en un rato —dijo Tom.

—Así será —dijo Eric, y comenzó a bajar por el sendero.

Tom me dejó apoyarme en él, con mi brazo alrededor de su cuello. El sendero comenzaba a descender y se estaba volviendo bastante empinado. Llegamos a una curva, donde el arroyo discurría paralelo al sendero.

—Creo que deberías mojar un poco el pie —dijo Tom.

—Buena idea —exclamé.

Bajamos por un pequeño banco hasta la orilla. Me senté y dejéque el agua helada calmara mi tobillo. Tom se sentó a mi lado, arrojando guijarros al arroyo. El agua era tan clara. Pudimos ver las rayas rosadas de las truchas arcoíris mientras nadaban, brillando bajo el sol poniente.

Tom parecía sumido en sus pensamientos.

—Sabes —dijo—, nunca he conocido a nadie que haya visto las cataratas Velo de Novia. Claro, todos han oído hablar de ellas, pero no conozco a nadie que las haya visto. Ni aun mi papá. Él ni

siquiera estaba seguro de cómo encontrarlas y sabe todo sobre estas montañas. ¿Conoces a alguien que las haya visto? — preguntó.

—Ahora que lo pienso, no —respondí—. Solo he visto fotos de ellas.

—¿Cómo encontraste este campamento, Wyatt? —preguntó Tom.

—En realidad, encontré un mapa de este campamento en un viejo atlas, en la cabaña de caza de mi abuelo. Lo tengo conmigo. Déjame ver en mi mochila.

Tom me entregó el pesado bulto y saqué el mapa de un bolsillo lateral. El papel en el que estaba garabateado estaba amarillento por el paso del tiempo.

—Mira, ahí está la vieja autopista 50, ahí está el camino del campamento maderero que tomamos. Aquí está el lugar del que nos desviamos, junto a la antigua casa Henson. ¿Recuerdas haberla pasado? —le pregunté a Tom.

—¿Aquella casa derruida que parecía embrujada? La recuerdo —dijo.

—Aquí está la X del campamento. Bien que lo encontramos —dije.

—Sí, lo hicimos —dijo Tom, y me quitó el arrugado papel—. Mira, está descolorido, pero aquí en la parte inferior dice algo, —Tom forzó la vista—. Dice, Propiedad de Euloquio Frías. Dice algo más... pero está tan descolorido. —Tom levantó el papel a la luz del sol—. Dice, Maldito.

—¿Qué diablos se supone que significa eso? —preguntó Tom.

Tres
Los campistas

—Euloquio —dije—, ese era el nombre del anciano que conocimos al entrar hoy. Debe ser su abuelo o su padre, el dueño de esta tierra.

Parecía que fue hace días, pero fue solo esta mañana cuando llegamos al remoto campamento. Habíamos recorrido un par de millas, por lo que parecía ser un camino usado por el ganado, de hierba, depresiones y rocas. La vieja camioneta de caza de papáhabía chirriado con fuerza en cada depresión y bache. Realmente no había un cartel que anunciara que habíamos llegado. En cambio, el camino había terminado en una pequeña parcela boscosa.

Redujimos la velocidad y continuamos manejando.

En el primer campamento encontramos a un hombre sentado en una mecedora, tallando un trozo de madera. Un viejo perro de caza se había echado a sus pies. Llevaba un overol de mezclilla desteñido y pesadas botas de trabajo de color negro.

Era difícil adivinar su edad, debido a la espesa barba gris que le llegaba hasta el pecho. Ocultaba sus rasgos a tal punto, que solo podías ver sus ojos, como el carbón, y su amplia nariz. Era un hombre grande. No gordo. El tipo de corpulencia que un hombre obtiene del trabajo duro. Era ancho y alto.

Nos saludó con la mano, por lo que nos sentimos obligados a hacer lo mismo. Se puso de pie, pero no caminó hacia la camioneta. Habló en voz alta desde una pequeña distancia.

—Hola —había dicho—. ¿De dónde son, muchachos?

—De abajo de la montaña, de Bethel —yo le había respondido.

—Soy Coco, Euloquio, pero la gente me llama Coco, y esta es Sheba —dijo, señalando al sabueso.

Le respondí con palabras educadas y una sonrisa.

—Una gran noche para acampar. Luna llena. Muchachos, tengan cuidado, los bosques son oscuros y densos.

—Sí, señor, lo haremos, gracias —había dicho, siendo cortés.

Seguimos conduciendo y Eric dijo algo sobre cómo ese tipo de montañés es el que nos da mala fama a los demás.

—Parece sacado de una película sobre paletos tontos —había dicho.

Los siguientes campistas con los que nos encontramos eran una pareja, probablemente en sus veintes. Estaban sentados en sillas plegables para acampar. El hombre estaba ocupado en atar un señuelo de pesca y la dama estaba espantando mosquitos. No parecían darse cuenta de que pasábamos por allí.

El camino giró y vimos otro campamento. Un hombre de mediana edad bien bronceado estaba sentado en una pequeña hamaca. Llevaba gafas de sol y mostró una sonrisa bastante espeluznante mientras pasábamos. Su campamento parecía como si hubiera estado allí por un buen tiempo. Tenía ollas para cocinar, colgadas sobre el fuego, un tendedero y una gran pila de leña. Habíamos seguido manejando, dejándolo atrás, para encontrar un lugar más aislado.

—¿Cómo te sientes, Wyatt? —preguntó Tom.

—Mejor. Vamos a movernos —le respondí.

Cuatro
El presagio

Tom me estaba ayudando a levantarme de mi posición junto al arroyo, cuando escuchamos el fuerte chasquido de una rama.

Ambos nos quedamos quietos y escuchamos más ramas rompiéndose y un fuerte ruido de pisadas. Era como si alguien estuviera corriendo rápido, rompiendo la maleza.

—¿Qué es eso? —ambos nos preguntamos.

—Espera aquí —dijo Tom. Se dirigió hacia el ruido. Podía oír sus pasos corriendo por el sendero. Entonces escuché sus pasos corriendo de regreso. Rápido.

—Tienes que ver esto —dijo, recuperando el aliento.

Agarré mi bastón y puse mi brazo alrededor de su cuello.

—Madre mía. Madre mía —seguía repitiendo Tom.

—Baja la velocidad un poco, Tom. No puedo caminar tan rápido—le dije. El camino ahora era cuesta abajo y estaba salpicado de rocas.

Llegamos a un gran árbol de cicuta, que se levantaba precisamente al lado del sendero.

—¡Mira! —dijo Tom, señalando el lado del árbol frente a nosotros—. ¡Mira! —dijo de nuevo.

Salté más cerca de él y vi lo que estaba señalando. El árbol estaba tallado con tres figuras de palo. La tercera figura de palo tenía una profunda X tallada sobre ella, dejando las otras dos.

Pasé mis dedos sobre las figuras talladas. Se sentían húmedas y pegajosas. Estaban recién hechas. La X con surcos profundos rezumaba una savia espesa y pegajosa.

Tenía que haber una explicación lógica, pero mi mente se quedóen blanco.

«Alguien nos está haciendo una broma... tenía que ser así», pensé.

—¿Quién hizo esto? —preguntó Tom—. Esto está mal, Wyatt. Realmente mal.

—Tenemos que salir de aquí —le dije—. No más paradas. Algo va mal.

Cinco
Oscuro y profundo

Ahora eran las 5:53 p.m. y el bosque se veía más oscuro. El cielo, lo que podía ver a través de los árboles altos y espesos, se estaba llenando de nubes grises. El viento se estaba levantando. Había comprobado el clima antes de salir de casa y no había indicación de lluvia. Pero en las montañas, todo era posible.

Continuamos nuestro camino lentamente. Usé mi bastón y Tom me sostuvo tanto como pudo. Llegamos a una curva y nos detuvimos en seco. Tom señaló algo, pero yo ya lo había visto. La mochila de Eric colgaba de una rama baja. Colgaba justo en el medio del sendero.

—NO. NO. NO. —fue todo lo que Tom pudo decir.

Me quedé allí y observé cómo la mochila se balanceaba de un lado a otro frente a mí. Traté de pensar lógicamente, pero nuevamente no pude. Necesitaba pensar en una razón de por quéla mochila estaba ahí.

Miré mi reloj. Eran las 6:19 p.m. El espeso bosque se estaba oscureciendo. El cielo se estaba poniendo más gris. Empecé a temblar.

Tom caminó con cautela hacia la mochila y la soltó. Se sentósobre sus rodillas y la abrió.

—Parece que todo sigue aquí —dijo Tom—. Tal vez nos la dejóen caso de que la necesitáramos.

—Pero, ¿quién hizo los ruidos? ¿Quién talló el árbol? —pregunté.

Tom me miró. Él también estaba tratando de pensar en algo lógico.

—Sigamos adelante —dijo.

Seguimos adelante. Permanecimos callados. Nuestras mentes volaban con preguntas sin respuesta y miedo.

—Está oscureciendo. ¿Lluvia? —preguntó Tom.

—No sé —dije.

Seis
A esconderse

Caminamos lentamente. El cielo se estaba oscureciendo y escuchamos truenos retumbando a través de las montañas. El viento comenzó a soplar más fuerte y los árboles comenzaron a balancearse. El viento en las montañas podía jugarte malas pasadas. Podía oírse como una pesada ola que se precipita hacia ti, o como un lobo aullando a través del valle.

Tom dejó de caminar.

—Escucha —susurró.

Oímos pasos pesados. Tenían un ritmo constante y decidido.

Seguimos escuchando. ¿Viene hacia nosotros, o se aleja de nosotros? ¿Es alguien para ayudarnos, o para lastimarnos? ¿Nos escondemos, o gritamos pidiendo ayuda?

—Se está haciendo más fuerte. Viene hacia aquí —dijo Tom en voz baja.

—Escóndete —le dije. Encontramos una espesa masa de laureles de montaña.

Nos arrastramos entre las gruesas hojas y las ramas bajas. Nos acomodamos boca abajo y miramos hacia el sendero.

Los pesados pasos se acercaban. No podíamos ver el sendero claramente, pero podíamos escuchar. Tom se tapó la boca con la mano para silenciar su respiración asustada y pesada. Los pasos estaban ahora justo junto a nosotros. Me asomé entre las ramas para ver, pero solo vi botas; botas de trabajo negras y pesadas. Caminaron lentamente por el sendero justo en frente de nuestro escondite. Se detuvieron. Dieron la vuelta.

Quienquiera que llevara esas botas estaba buscando algo... estaba buscándonos. Si nos estuviera buscando para ayudarnos, estaría gritando nuestros nombres. Tendría a otros con él. No estaba aquí para ayudarnos.

Ahora lo sabía.

Las botas volvieron a girar, directamente en nuestra dirección.

Nos congelamos. Pensé que las ramas que me rodeaban seguramente debían estar temblando, porque todo mi cuerpo lo estaba haciendo y no podía evitarlo.

Las botas caminaron hacia nuestro escondite y se detuvieron. Finalmente dieron media vuelta y subieron por el sendero por el que habíamos venido.

Tom todavía tenía su mano sobre su boca y sus ojos estaban bien cerrados. Le di un codazo.

—Tom, respira —articulé. Apartó la mano y respiró en silencio.

—¿Qué hacemos? —se atrevió a preguntar en voz baja. Neguécon la cabeza. No tenía idea.

Podíamos quedarnos quietos y esperar tranquilamente. Nuestros padres no se preocuparían hasta la tarde del día siguiente, cuando no

llegáramos a casa. Demasiado tiempo, demasiado tiempo. Tal vez los otros campistas notarían
que nunca salimos del bosque y llamarían a un
guardabosques. Tal vez Eric lo logró. Eric. No
podía pensar en él en este momento.

Le di un nuevo codazo a Tom. Me miró.

—Nos escondemos —dije muy suavemente.

Siete
Coco

Llegó la lluvia. Comenzó con unas pocas gotas grandes. Luego vino con todas sus fuerzas. Llovía a cántaros. El trueno aplaudió y el relámpago brilló. El aguacero hizo que el agua fluyera desde el sendero hasta donde estábamos como pequeños ríos, empapándonos hasta los huesos. Pronto estábamos cubiertos de barro, agujas de pino y hojas.

Miré hacia el cielo y el viento hizo volar las flores blancas del laurel en el aire, como confeti. Observé mientras bailaban en el viento.

La luna llena ocasionalmente se asomaba por detrás de las espesas nubes, e iluminaba las copas de los altos árboles. Sentíque me corrían lágrimas calientes por el rostro. Quería a mi mamá.

Tom me empujó con fuerza. Lo miré y me señaló el camino. Las botas estaban de vuelta. Esta vez, dieron media vuelta y se adentraron en el bosque frente a nosotros. Escuchamos hasta dónde podrían haber ido en el bosque.

El viento y la lluvia hacían imposible oír. Pensé que las botas sabían que estábamos aquí y estaban sentadas frente a nosotros, esperándonos.

Eran las 8:00 p.m. y estaba completamente oscuro. La tormenta amainó, pero caía una lluvia constante. Todo lo que podía ver era la forma de Tom acostada a mi lado y todo lo que podía escuchar era su ahogada respiración.

Y luego... ¿una luz? Noté una pequeña luz que se balanceaba en la esquina de mi ojo. Lentamente moví la cabeza para mirar por el sendero, en su dirección. Tom también la vio y estiró la cabeza para mirar. Era una linterna que subía por el sendero.

—¡Wyatt! ¡Tom!

¡Era Eric! ¡Gracias a Dios! ¡Era Eric! ¡Oh no, las botas, el hombre! Mi mente estaba volando.

—Yo voy —dijo Tom. Lo agarré del brazo, pero ya era demasiado tarde. Estaba de pie. Saltó sobre sus piernas, que estaban acalambradas y entumecidas por estar demasiado tiempo quieto, y echó a correr.

Fue entonces cuando las pesadas botas golpearon el camino con tanta fuerza que las piedras volaron hacia mi cara. Nos había estado esperando, sentado en la orilla frente a nosotros.

—¡Eric! ¡Ayuda! —escuché a Tom gritar, mientras corría por el sendero. Estaba frenético. Y luego escuché un gruñido. No era como un oso, o un león de montaña. El único gruñido que se le parecía sería el de un tigre. Un gruñido profundo, fuerte y amenazador. Resonó a través del bosque.

—¡AYUDA, AYUDA! —Tom gritó con una voz que no era la suya. Era la voz del terror.

Todo se volvió silencioso, demasiado silencioso. El gruñido se detuvo. Tom ya no estaba gritando.

Me sequé las lágrimas y encontré un pétalo de flor pegado a mi cara. Lo despegué. Se sentía suave. Lo sostuve en mi mano.

Los arbustos que se habían convertido en mi

santuario se abrieron y un sabueso viejo asomó la nariz.

—¿Chico? ¿Estás ahí? —Era Coco. Sostuvo su linterna y la apuntó a mi cara—. Estás enterrado aquí, como una marmota,¿no? —dijo él.

Dejó la linterna en el suelo y se acercó a mí. La luz brilló sobre sus viejas botas negras de trabajo. Miré la mano que me ofreció. Sus uñas eran largas y negras. Mis ojos se agrandaron. Me sonrió. Sus dientes eran como los de un animal, largos y afilados.

Mi corazón se aceleró y no podía recuperar el aliento. Echó la cabeza hacia atrás y aulló. El aullido se convirtió en gruñido. El gruñido del tigre. El gruñido del monstruo.

Y luego hubo oscuridad.

Epilogo

—¿Es este, papá?

—Debiera ser.

Llegamos al antiguo campamento. Papá redujo la velocidad de la camioneta para hablar con un anciano que estaba sentado en una mecedora. Tenía un sabueso durmiendo a sus pies.

El anciano saludó:

—Hola amigos.

—Hola —dijo papá—. Espero que estemos en

el lugar correcto.¿Es aquí donde comienza del sendero hacia las cataratas Velo de Novia? —preguntó.

—Así es —dijo el anciano—. Mi nombre es Euloquio, pero la gente me llama Coco.

—Encantado de conocerte —dijimos los dos.

—Una gran noche para acampar. Luna llena. Tened cuidado,¿oísteis? Esos bosques son oscuros y densos.

—Lo haremos. Gracias —respondió papá—. Qué personaje —me dijo papá y sonrió mientras nos alejábamos.

Continuamos por el camino lleno de baches. Pasamos a una pareja joven.

El hombre estaba ocupado atando un señuelo de pesca y la dama estaba sentada en una silla plegable espantando mosquitos. Giramos en una curva y vimos a un hombre mayor. Llevaba gafas de sol y estaba sentado en una hamaca. Cuando pasamos él sonrió. Papá lo saludó.

—Busquemos un lugar más aislado —dijo papá—. Hay un buen sitio, pero está ocupado. Iremos un poco más lejos.

Miré por mi ventana abierta y vi a tres adolescentes sentados alrededor de una fogata que no
tenía fuego.

—Se ven raros —dije.

—Probablemente estén cansados de caminar —
dijo papá.

—Probablemente sí —agregué.

Sobre la autora

Jennie Ford es madre, escritora, alfarera y artista. Jennie se crióen el este de Carolina del Norte, donde los ricos paisajes agrícolas sirven de telón de fondo para muchas de sus historias. Como colaboradora de Storyshares durante muchos años, seguirá componiendo cuentos para su biblioteca en expansión. Jennie, que ahora reside en el oeste de Carolina del Norte, está escribiendo una novela para lectores adultos jóvenes, que espera publicar en el futuro. Según Jennie, "Los objetivos de la organización Storyshares son maravillosos y muy necesarios." Jennie continúa sintiéndose orgullosa de prestar su talento en beneficio de los lectores principiantes y con dificultades con historias reflexivas y apropiadas para su edad. Le entusiasma saber que sus historias pueden inculcar en muchas personas el amor por la lectura.

Sobre el editor

Storyshares es una editorial dedicada a apoyar a millones de adolescentes y adultos con dificultades de lectura, creando una nueva sección en la biblioteca específicamente para ellos. Nuestra colección, en constante crecimiento, ofrece contenido atractivo y culturalmente relevante para adolescentes y adultos, accesible en una variedad de niveles de lectura más bajos.

Storyshares genera contenido interactuando estrechamente con escritores, formando una comunidad para crear este nuevo tipo de libros. Con historias más intrigantes y accesibles, los adolescentes y adultos que se han quedado rezagados están mejorando sus habilidades y descubriendo el placer de la lectura. Para obtener más información, visite storyshares.org.

Fácil de leer. Difícil de dejar a un lado.